ÉPITRE

A THÉMIS.

ÉPITRE

A THÉMIS,

SUIVIE

D'UN DIALOGUE DE PÉGASE ET DE CLÉMENT,

ET

D'UNE ÉPITRE

A M. DE CHAMPFORT.

A AMSTERDAM,

CHEZ ARKSTÉE & MERKUS.

ÉPITRE

A THÉMIS.

Au temps de Rhée, en ces jours fabuleux ;
Tu vins, dit-on, visiter notre Terre :
Mais l'Homme, hélas ! ébauché par les Dieux,
Sa cruauté, son orgueil, sa misère,
Tous les excès que le Soleil éclaire
T'aurent bientôt fait remonter aux Cieux.
Tu parus peu sous ce triste hémisphère.
Le siécle d'or fut celui des Brigands ;
Les fils alors dépossédoient leur père ;
Le bon Saturne avaloit ses enfans ;
Et toutefois, à consulter Ovide,
Sur tes Autels fumoit un pur encens ;
Du champ d'autrui l'on n'étoit point avide,

Toute l'année étoit un long printemps,
Des flots de lait serpentoient dans les plaines,
Flore y fixoit les zéphirs inconſtans,
Le miel couloit de l'écorce des chênes,
Et la campagne à l'Homme ami du bien
Prodiguoit tout sans qu'on y semât rien....
Ovide ment. Puis, croïez aux sornettes,
Aux beaux discours de Messieurs les Poëtes.
Tu sais la foi qu'on doit à leurs Romans.
Laissant ton nom & la fourbe à ta suite,
Toujours prônée, & toujours éconduite,
Voilà Ton sort dès le berceau des temps.

QUELQUES mortels (il faut pourtant le dire)
Qu'on diſtingua, qui nous ſont encor chers,
Par intervalle éclairant l'Univers,
L'auroient instruit, si l'on pouvoit l'inſtruire,
De Zoroastre, Adorateur du feu,
Tu ne hais point la brillante chimère.
Dans le Soleil il vit les traits d'un Dieu,
En jets de flamme imprimés sur la terre.

Il se trompa..... tel est notre deſtin,
Les mœurs ſont tout, le reſte eſt arbitraire;
Et, comme toi, volontiers je tolére
Ecarts d'esprit, quand le cœur eſt humain.

CONFUCIUS fut ton Apologiſte,
Tu l'inspiras ; sa vertu n'est point triste;
Il offre un guide à l'Homme infortuné,
Et, dût frémir plus d'un fier Casuiste,
Il vaut bien mieux que ceux qui l'ont damné.
Ce demi-Dieu mit quelque frein au vice;
Maïs, en dépit de son Législateur,
Tu le sais trop, le Chinois est voleur,
Et ce défaut gâte un peu la Justice.

MALGRÉ Solon, & son docte Sénat,
L'Athénien gai, frivole & profane,
Sur ta Statue érige avec éclat
L'Autel impur de quelque Courtisane;
Protége un Mime & siffle un Magistrat.
Quant à Lycurgue, il ne ſauroit te plaire.

Son but est faux, son Code est meurtrier.
Il a l'esprit d'un Moine atrabilaire
Dictant ses lois dans un Cloître guerrier.
Rome en naissant eft déjà tirannique ;
Et de Numa le Rameau pacifique
Bientôt fait place à l'orgueil du Laurier....
Je ne dis rien de Rome Apostolique.

JUSTINIEN saisit le fil heureux
Qui le guida dans tes routes désertes.
Il s'illustra par un Code fameux,
Vengea tes droits & répara tes pertes.
Peut-être aussi j'en férois mon Héros :
Mais de la vue il priva Bélizaire ;
Il fut ingrat, violent, sanguinaire ;
Ses cruautés ont flétri ses travaux.
En m'opprimant, qu'importe qu'on m'éclaire ?

QUE dirons-nous de ce fils d'Abdala,
Législateur, Conquérant & Prophete,
Qui, se mocquant de ta plainte indiscrete,

Au

Au nom du Ciel cent fois te viola ;
Qui, dans le sang, sur de vastes ruines,
Le sabre en main, au trône s'éleva ;
Dans ses loisirs battoit ses Concubines,
Fit quelques lois, ou plutôt les rêva,
Qui sur l'erreur fonda son Diadême,
Déshonora le Dieu qu'il fit parler ;
Et cependant arrangea pour lui-même
Un Paradis . . . . où je voudrois aller !

PLUS constamment le Peuple Britannique
T'osa, dit-on, maintenir dans son sein ;
Je n'en crois rien : ce Peuple si divin,
Autant qu'un autre, est foible & fanatique.
Sage Thémis, tu n'auras point trempé
Dans ce complot, ce meurtre juridique
D'un de ses Rois, que sa main a frappé.
Cromwel n'étoit qu'un fourbe despotique,
Cru Citoyen sur un trône usurpé.
Ce Novateur, tout pêtri d'artifices,
Le masque au front, le poignard au côté ;

B

Sembloit céder un sceptre ensanglanté,
Qu'il retenoit, en déguisant ses vices.
Ton nom par lui fut quelque fois cité,
Et, vrai Tiran, Protecteur affecté,
A force d'art s'entourant de complices,
Il trompa Londre, en criant liberté.

PIERRE mérite un renom plus auguste ;
Mais, trop ardent, il voulut tout forcer,
Et recueillir, avant d'ensemencer.
Pour être Grand, il cessa d'être Juste.
Il eut l'esprit, non le cœur d'un Héros.
Rectifiant les abus par des crimes,
Législateur entouré de victimes,
Sa palme est triste & croît sur des tombeaux.

TU le vois bien, par-tout, belle Etrangère,
Par-tout hélas ! tes affronts sont égaux.
Pour rédiger l'arrêt qui t'est contraire,
Très-sensément l'Espagnol délibère ;
Le Suisse à tort nous vante ses travaux ;

C'est te trahir, que d'être mercénaire.

Parmi ses joncs en proie à cent fléaux,

Souvent aussi le Hollandois rustique

A l'injustice ouvrit ses Tribunaux.

On dérangea fon flegme œconomique,

Et, succombant à l'orgueil des Nassaux,

De Barnevell le cœur patriotique

T'implore envain sous le fer des Bourreaux.

Eh ! parmi nous obtiens-tu plus d'empire ?

Si nous montons jusques aux premiers temps,

J'y vois des fous ou de vils fainéans,

Ton nom souillé, ton voile qu'on déchire,

De tristes Rois, chicanés par des Grands,

Un trouble affreux, un aveugle délire,

De sots sujets, & de plus sots tyrans.

Chaque Seigneur, au gré de son caprice,

Créoit des lois & rendoit la justice.

L'un s'en venoit, une pique à la main,

Et tout botté, siéger parmi des Moines :

L'autre en furplis gourmandoit des Chanoines,

Qui , pour leurs droits , se battoient en Latin,
En Privilege érigeant les scandales ,
De son voisin on troubloit le repos ;
Fraudant l'époux par de galants impôts,
On moissonnoit l'honneur de ses Vassales ,
Et sans scrupule on voloit ses Vassaux.

Un règne alors n'étoit qu'une tutelle,
On vit depuis un grave Parlement,
Des mois entiers s'assembler avec zéle ,
Pour aviser & juger sainement
Si Jeanne d'Arc étoit vraiment Pucelle,
On te pouvoit servir plus décemment.

Convenons-en : au sein de ma Patrie,
Même tes Chefs t'ont par fois avilie.
Mais, c'en est fait ; voici des jours nouveaux,
Plus fortuné, le Peuple te desire.
L'œconomie , appui de ton Empire ,
Introduit l'ordre au milieu du chaos:
Sully renaît, Machiavel expire.

Le bon esprit va nous faire oublier
Les longs excès de l'esprit financier.
Un Citoyen s'arme pour le détruire.
M . . . . formé par tes leçons,
Trop éclairé pour n'être que sévère,
Adoucissant ton noble Ministère,
Te rend dans lui l'ame des Lamoignons.
Un Sage heureux, qui sait instruire & plaire,
Qui de son sort a mérité l'éclat,
En se jouant, a d'une main légère
Su démêler les rênes de l'Etat.
Avec adresse il ose enfin t'admettre ;
La probité va régner à son tour :
Chacun pourra, tel est le droit du jour,
Faire le bien. . . . . sans trop se compromettre,
Et sans risquer d'effaroucher la Cour.

QUAI-JE entendu? La Renommée agile,
Bruyant écho, libre organe des cœurs,
Te reconduit jusques dans cet asyle,
Où sur les lys siégent tes Défenseurs.

Déjà sourit la timide innocence,
En revoïant ses premiers Protecteurs ;
Le zéle actif a repris ta Balance ;
Ton glaive seul est caché sous des fleurs.
Juste & sensible, une auguste Princesse,
L'honneur du trône, où brille sa beauté,
Pour faire aimer ton austère Sagesse,
Conduit vers toi la tendre humanité ;
Pallas te suit, la Loi te sert de guide,
Et te précède avec sécurité :
Un jeune Roi te couvre d'une égide,
Et des rayons de son Autorité :
Plus d'Intriguant, plus d'Exacteur avide ;
Le droit public sera seul consulté :
Tout se ranime..... Et la Fable d'Ovide
Pourra fort bien être une vérité !

F I N.

Sı je n'ai jamais répondu pour mon compte
aux gaîtés littéraires de M. Clément, j'ai toujours
été indigné de l'injustice & de la morgue collé-
giale avec laquelle il déchire les Ouvrages du
premier Ecrivain de la Nation. Il devoit respecter
au moins une réputation affermie sur soixante
ans de travaux & de succès : mais le pédantisme
ne respecte rien; il aime mieux se laisser enveni-
mer par la haine, que de consentir à l'admira-
tion, & il se sent importuné par le talent supé-
rieur comme les oiseaux de nuit le sont par l'é-
clat du jour.

Ma seule intention a donc été, dans cette baga-
telle, de venger M. de Voltaire des outrages qu'on
lui fait tous les mois au nom des Anciens & de
la belle Littérature. C'est une plaisanterie qu'on
hazarde en réponse à des tomes d'invectives. Tout
le monde a lu le Dialogue charmant de Pégase
& du Vieillard. Pégase, un peu piqué du ton

cavalier dont le traite le vieillard Agriculteur ; arrive dans le Cabinet de M. Clément, qui n'a rien moins que les goûts champêtres ; & ils ont enfemble la petite conversation qu'on va lire. Si on la trouve un peu vive, qu'on se ressouvienne que c'est un Cheval qui parle à un faifeur de Libelles. Ces gens-là ne se piquent ni d'honnêteté ni de modération.

DIALOGUE

DIALOGUE

DE PEGASE ET DE CLEMENT.

CLEMENT.

QU'EST-CE donc? Dès l'Aurore on assiege ma porte ?
On ne peut à son aise, en ce triste Univers,
Composer savamment de la Prose ou des Vers !
C'est quelque Auteur, je gage.

PEGASE.

A peu-près, que t'importe ?

CLEMENT.

S'avisa-t-on jamais de venir si matin ?
Les instans me sont chers ; laisse-moi, je te prie :

C

J'éprouve en ce moment les douceurs de la vie,
Et j'écris, avec goût, du mal de mon prochain.
Va-t-en ; je n'ouvre pas.

P E G A S E.

L'ami, je suis Pégase.
Mon voyage à Ferney m'a donné de l'humeur :
Ouvre ; nous médirons du vieux Agriculteur.

C L E M E N T.

Nous médirons? Attends, que j'acheve ma phrase.
Comme te voilà fait !... Par quel sort inhumain ?...

P E G A S E.

Sais-tu bien, qu'entraîné dans ma course immortelle,
J'ai fait, depuis Homère, un terrible chemin?
Allons, héberge-moi : je te serai fidele,
Je mordrai les passans, j'adopterai tes goûts,
Me cabrant, regimbant, ombrageux & jaloux,
Pour mieux te ressembler, & te prouver mon zele.

CLEMENT.

Il parle avec esprit! Tu ne voles donc plus?

PEGASE.

Mais je vais quelquefois à petites journées.

J'ai vécu, mon très-cher, quatre à cinq mille années:

De vieillesse & d'ennui j'ai les jarrets perclus.

Apollon a souvent changé mes destinées.

Si je crois ce qu'on dit, Méduse m'enfanta:

Je fis de mes talons jaillir une fontaine.

Bellerophon sur moi courut la prétentaine ;

Pour battre la chimere au Diable il m'emporta;

Je me nourris longtemps des gazons d'Hippocrêne.

Comme un franc étourdi, Pindare me monta.

(Votre Rousseau depuis imita ses caprices),

Multipliant sous lui mes écarts vagabonds,

Sur la cime des rocs, au bord des précipices,

Je m'élançois alors & par saults & par bonds.

Moschus, Anacréon, pleins d'adresse & de grace

Me remirent au pas : escorté par les jeux,

En bon Epicurien, je vivois avec eux,

Et je paissois les fleurs qui parfumoient leur trace.

L'Amante de Phaon venoit chaque matin
M'offrir , en souriant, des roses dans sa main.
Sophocle m'exerça par ses courses hardies :
Euripide, moins fort, n'en eut pas moins d'ardeur,
Eschile échevelé me remplît de terreur ;
Nous paroissions tous deux poussés par les furies,
J'abandonnai la Grece au bruit du nom Romain,
Je fus légerement manégé par Horace ;
Ovide m'égara dans le plus doux chemin ;
Lucrèce indépendant m'inspira son audace,
Juvenal me soumit avec un bras d'airain,
Par Virgile aguerri, je bronchai sous le Stace,
Et je voyois de loin arriver mon déclin,
Longtemps on me crut mort : craignant la barbarie,
J'avois paisiblement regagné l'écurie ;
Le Dante , avec humeur, vint m'en tirer soudain,
L'œil morne & ténébreux , conforme à son génie,
Regrettant les vallons de l'antique Ausonie ,
En croupe je portai le Spectre d'Ugolin.
Peintre de l'enjouement, honneur de l'Italie,
L'Arioste accourut avec un front serein ;

J'adoptai l'Hyppogriffe , enfant de sa folie ,
Et bientôt je livrai mon dos & mon destin
Au chantre intéressant de la tendre Herminie....
Tous ces Cavaliers-là m'avoient mené grand train;
J'avois l'oreille basse & les aîles traînantes ;]
Il fallut réparer mes forces languissantes :
Mais sur les bords François je reparus enfin.
Malherbe , parmi vous , ennoblit mon allûre;
De la palme lyrique il ombragea mon front.
Je jettai Chapelain au bas du double Mont ;
En embrassant Gombault il roula sur Voiture.
Moliere prit leur place, & me fit détaler.
La Fontaine indulgent & plein de bonhomie ,
Guidé par la nature , & par ma fantaisie,
Me suivit , sans mot dire , où je voulus aller.
La houssine à la main, Boileau, grave & sevère,
Châtia de mon vol l'aisance irréguliere :
Je ne pus avec lui faire un pas sans trembler.
Je l'estimois beaucoup, mais je ne l'aimois guere.
Corneille vint à moi : son fier & noble aspect
Sans trop m'effaroucher, m'imprima du respect.

De son bras vigoureux je ressentis l'atteinte ;
Il me fit pénétrer dans le palais des Rois :
Tous mes crins se dreffoient aux accens de sa voix,
Et, tant qu'il m'a conduit, j'ai méconnu la crainte.
Il me brusquoit par fois, c'étoit assez fon ton ;
Il fallut nous quitter, & j'acquis, fous Racine,
Des mouvemens plus doux, une bouche plus fine.
Dans des sentiers fanglans je suivis Crébillon :
Quoiqu'il fut violent, j'aimois son caractere.
Il dédaignoit les lieux frayés par d'autres pas,
Et, malheureusement, j'étois déja bien las,
Quand il fallut encor galoper sous Voltaire.

CLEMENT.

Celui-là, par exemple, a dû te rudoyer.

PEGASE.

Mais, non : s'il m'en souvient, il eut la main légere.
Je le vis autrefois, ferme dans l'étrier,
Courant, bride abattue, & malgré ma colere,
Il faut que j'en convienne, il eft bon écuyer.

CLEMENT.

La rage de louer aujourd'hui te domine.

Vieux Pégase, sois vrai : c'est, à coups d'éperon,

Qu'il te forçoit d'aller, quand sur ta maigre échine,

Il nous est apparu dans le sacré vallon ;

Lorsque tu voiturois sa dolente Nanine,

Son mugissant Oreste & son froid Cicéron,

Et le triste Orphelin, soi-disant de la Chine,

Eriphile, Zulime, & Pandore, & Samson.

O cheval illétré, ton mauvais goût m'irrite !

Quoi ! sur Voltaire encor tu n'es pas éclairé ?

Sa jeune Sophonisbe, en un jour décrépite,

Et ses Guebres transis ne t'ont pas déferré ?

Vas traîner, si tu peux, en dépit de l'envie,

Le char mal-attelé de ses sots Triumvirs,

Et ce lourd taureau blanc, fruit de ses vieux loisirs ;

Et ce bucher mesquin, vrai tombeau d'Olimpie. *

---

* Quand on introduit un Interlocuteur, il faut le faire parler d'après son caractère, & il eût été contre toute vraissemblance de donner à M. Clément du goût & de l'équité.

PEGASE.

Vas ; l'injustice perce & lui rend tous ses droits.
Je devrois t'envoyer le prix de ta tirade ;
Mais, je veux bien encor t'épargner cette fois.
Cite, cite du moins, Brutus, la Henriade ,
Cet immortel tableau du meilleur de nos Rois :
Cite ce Mahomet, monument du génie ,
Où la force du stile est jointe à l'harmonie ,
Dont le vaste intérêt , & l'époque & les mœurs,
Dont le coloris mâle, & la pompe énergique,
Transmettent , à grands traits, aux yeux des spec-
tateurs ,
La sombre majesté de Melpomène antique.
De ta fureur burlesque interrompant le cours,
Rappelle-toi Tancrède, & Mérope, & Zaïre,
L'aimable Adélaïde, & Vendôme, & Némours,
Les sauvages vertus de la sensible Alzire,
Tous ces écrits charmans, dictés par les Amours,
Que l'on revoit cent fois , que cent fois on veut lire,
Qu'un peuple délicat ne cesse d'adorer,

Que

Que tu saurois chérir, si tu savois pleurer.

Ouvre, insigne menteur, ces annales brillantes,

Où chaque Nation contemple ses erreurs,

Ses Tirans, ses fléaux, sur-tout ses bienfaiteurs ;

Où Rome reconnoît ses brigues insolentes ;

Où la Philosophie, avec légereté,

Des attentats des sots venge l'humanité,

Frappe indistinctement d'un joyeux anathême

Les Moines, les Abbés, les Papes, les Catins,

Insulte aux oppresseurs de vous autres humains,

Et montre à l'Univers la liberté qu'il aime.

Pour détremper ton fiel, jette, jette les yeux

Sur ces riens enchanteurs, délices de vos belles,

De l'enjouement François restes si précieux,

Toujours accumulés, sans peser fur mes aîles.

CLEMENT.

Bavard impitoyable, as-tu bientôt fini

Ce long panégyrique aussi plat que toi-même ?

Apprends que, devant moi, l'éloge eft un blasphème.

Tremble ! ton sot babil sera bientôt puni,

Et je t'attends, Barbare, à ma lettre septieme.

D

P E G A S E.

Fort bien ! applaudis-toi d'un fatras ténébreux,
Où tu voudrois flétrir ce qu'au Pinde on renomme,
Libelle scholastique , où tu crois, malheureux,
Qu'il importe au bon goût d'insulter un grand
    homme.
Vas , vas, contre Nestor Thersite eut beau crier;
On ne l'écouta pas, (je l'ai lu dans Homère)
Ton destin est le même, & ta sotte colere
Que le chardon nourrit, n'atteint point au Laurier.

C L E M E N T.

C'est trop : de mon courroux je ne suis plus le maître;
Mon encre... mes craïons... tu sauras qui je suis;
Il parle de Laurier ! devant moi !..... Je frémis.....
A moi, * Moutard, à moi! viens me venger d'un traître.

P E G A S E.

O Pédant, plus fougueux & plus rétif que moi,

---

* Libraire de M. Clément.

Je rougis que vers toi l'humeur m'ait pu conduire.
Je retourne à Ferney demander de l'emploi,
Et me purger de l'air qu'en ces lieux on respire.
La justice & l'honneur m'en imposent la Loi;
L'asyle de Voltaire est encor mon empire.
Je le vois, son nom seul te cause un juste effroi;
Rampe & siffle à ses pieds.... adieu, je me retire.
Subalterne Zoïle, Aristarque sans foi,
Tu me dégoûterois même de la satyre,
Et les chevaux aîlés ne sont pas faits pour toi.

ÉPITRE

A M. DE CHAMPFORT.

Après la lecture de son Éloge de la Fontaine.

QUelque part que soit le bon homme;
Dieu le sait, moi je n'en sais rien;
Je suis sûr qu'il te veut du bien,
Et qu'il sourit, dès qu'on te nomme.
Le voilà ce cher paresseux,
Si négligé pendant sa vie,
Elévant son front radieux
Que couronne une Académie!
On sait enfin l'apprécier!
Dans son portrait sa grace éclate,
Et ta louange délicate,
Rafraîchit encor son laurier.
Tu nous mets dans la confidence
De ses pacifiques humeurs,

Et nous découvres l'alliance
De ses talents avec ses mœurs.
Très-finement tu nous exposes
Le mystère de ses écrits,
Et les fleurs que tu décomposes
Ne perdent point leur coloris.

Tu nous peins sa philosophie
Qui fut un instinct précieux,
Sa nonchalante bonhomie;
Un sens droit caché sous les jeux;
Une foule de mots heureux
Qui font rire jusqu'à l'Envie;
Sa piquante naïveté,
Et sa *simplesse* & sa gaieté,
Et la bêtise du génie.
Du fond des immortels reduits,
A cette heure il te dit peut-être :
Ma foi, je ne croyois pas être
Si grand homme que je le suis.
Quoi! là-haut encore on me cite,
Moi, très-modeste fablier!

Vous venez de m'initier
Dans le secret de mon mérite.
Si c'eſt un piege qu'on me tend,
C'eſt avec plaiſir que j'y donne.
Dans ce beau portrait qui m'étonne,
L'eſprit ſe montre à chaque instant ;
Et je crois, Dieu me le pardonne,
Que mes Renards n'en ont pas tant.

    Mais, où va ma Muſe infidele
Que ſouvent je ſuis malgré moi?
Peintre charmant, ce n'est qu'à toi
De faire parler ton modèle.

F I N.